AF292653

A tous ceux qui désespèrent, qui pensent que tout est perdu, Accrochez-vous, le meilleur est à venir.
Danielle est la preuve que : ''tant qu'il y a de la vie, il y a de l'espoir''.

Possédée ou dépossédée ?

Laure Dulterie

Cet ouvrage a été réalisé par :

NAS ÉDITIONS

09, rue de la grand'maison, 77154,

Villeneuve les Bordes, France.

Tel : 0033769845780

Contact@naseditions.com

www.naseditions.com

ISBN : 978-2-487682-15-3

EAN : 9782487682153

Dépôt légal.

©NAS ÉDITIONS, Mai 2024.

L'Esani : danse traditionnelle du peuple Béti

L'Esani est une danse traditionnelle du peuple Béti. Une partie du Peuple Béti est originaire de la capitale politique (Yaoundé) ; au centre du Cameroun.

L'esani se dansait autrefois aussi bien pour des évènements heureux que pour des évènements malheureux.

➢ Évènements heureux

L'Esani se dansait lorsqu'on avait attrapé ou maitrisé une bête féroce qui terrorisait le village. Pour marquer le triomphe de cette capture, le peuple dansait l'Esani.

L'Esani se dansait également lors de la sortie officielle des jeunes gens qui avaient subi des rites d'initiation, notamment le rite"So".

On fêtait l'événement en faisant danser l'Esani aux jeunes initiés appelés "NKPANGOS"

➢ Evènements malheureux : Le décès

L'Esani dansé à l'occasion d'un décès est une marque de prestige, une marque de reconnaissance, une distinction honorifique.

Cette danse n'est pas effectuée pour tous les décès, elle est effectuée pour célébrer la mort des notables, des patriarches, pour les pères de famille, pour les femmes qui ont mérité la confiance du village.

Les derniers moments sur terre de ces personnes distinguées sont modulés par le rite Esani.

Ainsi, certains groupes qui arrivent au lieu du deuil sont accueillis à l'entrée du village par le rite Esani. De même, la fin du ''Nsili Awu'' d'un orateur se termine au rythme de l'Esani.

Les membres de la tribu tiennent chacun en main, soit une feuille de palmier, soit un chasse mouche, soit une canne tout en dansant.

Le "Nsili Awu" (demande de la cause du décès)

Avant de commencer le Nsili awu, le chef de famille se présente et annonce publiquement que chaque fois que quelqu'un voudra procéder au nsili awu, il faudra s'adresser à Monsieur X.

Toux ceux qui viennent assister à la cérémonie d'inhumation ont le droit de demander la cause du décès ; même quand ils sont censés la connaitre.

Ils le font après avoir décliné leur identité.

Le rituel exige que l'oncle maternel ou à défaut, l'oncle paternel du père soit présent.

Lorsque le chef de famille estime que tous ceux qui voulaient en savoir davantage sur les causes du décès ont fini de parler, alors, survient ce que l'on appelle l'ESOG NNAM.

Le clan se retire pour une ultime concertation afin de trouver les éléments de réponse aux différentes questions posées.

L'ESOG NNAM (La concertation de la tribu)

Tous les membres de la tribu sont autorisés à prendre part à cette concertation.

Les différentes questions posées permettent d'élaborer la version officielle du décès qui sera exposée au cours du Ndong awu.

Cette concertation achevée, la grande famille rejoint l'arène dans une procession dont le chef de file est le chef de famille. Il est secondé par le désormais responsable de la famille du défunt que suivent les membres de la famille directement concernés.

Après, viennent tous les membres de la tribu tenant chacun en main, soit une feuille de palmier, soit un chasse mouche, soit une canne, tout cela au rythme de l'Esani. [Atangana Joseph Célestin, Des us et coutumes de nos ancêtres à l'usage des jeunes générations, 2ème édition, 2010, Presses

de l'ISIPRINT, Yaoundé, Cameroun, 183
pages]

Cela fait cinq jours que je suis de retour dans mon pays natal, après 1O ans d'exil. C'est le cœur serein que j'ai foulé de nouveau cette terre qui m'a vu naitre. Les années de tristesse ne s'effaceront jamais de ma mémoire, mais j'essaie d'avancer dans la vie.

Je m'appelle Danielle, je suis venue assister à la cérémonie des obsèques de ma mère. La cérémonie a débuté ce matin.

L'esani-cette danse traditionnelle béti bat son plein au cœur de notre village. Les tambours et balafons sont entrainants et donnent envie de se trémousser malgré le caractère triste de la cérémonie qui nous réunit. Demain ; une petite pause sera effectuée afin de laisser place au nsili awu. Nos patriarches se réuniront pour donner les causes du décès. J'ai hâte d'être à ce moment-là ! Trop de mensonges ; trop de non-dits ont rythmé les 38 premières années de ma vie.

C'est bizarre : la mort d'un être cher me donne la vie. La lionne, comme ils la surnommaient tous dans le village est décédée depuis plus d'un an. Il avait fallu qu'elle décède pour que J'ai la vie.
Elle était ma confidente ; celle que j'appelais toutes les fois où j'avais envie de mettre un terme à ma chienne de vie car je n'arrivais à rien.
Elle savait si bien me réconforter ; alors qu'elle était la cause de tous mes malheurs ou "presque".
"Presque", parce qu'elle n'était pas la seule, mon corps avait été le temple de cette clique de vautours. Ces personnes qui n'avaient rien trouvé de bon à faire dans leur vie que de posséder une petite fille de leur propre tribu, de leur propre lignée, leur propre sang.
Ses aveux avant sa mort m'avaient anéantie.
J'avais souffert avec elle pendant sa maladie: une maladie dont nous ignorions les origines; enfin dont

j'ignorais les origines.
J'ai prié; supplié Dieu de venir en aide à cette femme qui n'avait jamais rien fait de mal.
Et pourtant !
Elle n'avait rien fait de mal à l'œil nu; Mais, ses pratiques mystiques avaient eu des conséquences désastreuses sur ma vie.

La possession de sa propre fille afin de pouvoir briller était pourtant réelle, j'en avais payé le prix fort.

I-Le nsili awu -Les Causes du décès de ma mère

Après avoir pris deux bonnes heures à élaborer leur discours, les patriarches sont venus lire les causes du décès de ma mère : Une longue maladie incurable qui a fini par l'emporter.

Je suis sous le choc. Comment se permettent-ils de mentir aussi ouvertement ? Comment osent-ils ?

D'après eux, les médecins n'ont jamais pu diagnostiquer la maladie qui a rongé ma mère pendant les 6 derniers mois de sa vie.

Je suis prise à part par un des patriarches :

-Ma fille, le linge sale se lave en famille, toutes les personnes ici présentes n'ont pas besoin de savoir que ta mère subissait le retour de la possession et de tous les blocages qu'elle a faits depuis que tu es toute petite ; Ma fille, que la mémoire de ta mère ne soit pas souillée. Nous te demandons pardon pour ce que ta mère a fait, nous demandons pardon pour tous ceux qui sont morts au même moment que ta mère et qui avaient contribué au blocage et aux multiples échecs dans ta vie.

Je ne lui ai pas répondu, cette mascarade a assez duré à mon goût. Demain, après l'enterrement, je repars pour Paris, en France continuer ma vie. Je dois avancer. Ma mère me manque, malgré tout le mal qu'elle m'a fait. Cependant, la haine que j'éprouve à son égard aujourd'hui est plus forte que l'amour que j'ai pu lui porter.

Pourquoi avait-elle décidé volontairement de posséder sa propre fille ? Pourquoi faire des aveux uniquement lorsqu'elle est dans une souffrance extrême, à l'article de la mort. Elle a pourtant eu milles et une occasions de tout dire.

II-La possession : une épreuve terrible !

Comment arriver à mettre un nom sur ce fait horrible qui consiste à entendre des entités s'exprimer en vous, depuis votre intérieur, en vous secouant le corps, et pendant plusieurs années ?
Des paroles prononcées par des entités aussi sordides les unes que les autres :
-Je suis ta mère, je t'ai possédée depuis que tu es petite, c'est moi, j'avoue tout, j'avoue ….

J'ai bloqué le travail, le mariage, l'enfantement.
-Je suis son grand- père, c'est sa mère qui nous a appelés afin qu'on vienne aussi prendre l'énergie de sa fille… ;
Son étoile brillait trop depuis qu'elle est née, nous ne pouvions pas laisser.
-Je suis Eulalie, votre voisine ; je suis entrée dans son corps quand elle avait 2 ans ; j'ai donné la gale, j'ai gâté les dents.

Après plusieurs séjours pendant des années dans divers hôpitaux sans aucune réponse, sans aucun résultat, sans aucune avancée concrète, il a fallu se rendre à l'évidence : J'étais possédée ; possédée par ma propre mère et ses complices.

Ma guérison, ou alors ma délivrance, dans le langage religieux ne pouvait s'effectuer que par la prière.

A-Une vie en lambeau

J'avais eu mon baccalauréat scientifique à 18 ans en 2004. Elève brillante, admirée par tous mes camarades de classe, toujours première de la classe depuis la 6ème, voire l'école primaire, j'étais promise à un bel avenir.

Au Cameroun, la voie royale pour réussir à cette époque était d'intégrer une école de formation

Ma vie, ma voie était toute tracée, je réussirai à coup sûr un concours d'intégration dans la fonction publique camerounaise, et je deviendrai un haut fonctionnaire dans le pays quelques années plus tard.

Les enseignants, les magistrats, médecins qui avaient réussi les concours d'accès aux : écoles normales ; à l'école nationale de magistrature, au CUSS (centre universitaire des sciences de la santé) avaient un salaire fixe, sécurisé. Ils étaient admirés, ils étaient considérés comme des privilégiés dans le pays.

Hélas, rien ne fonctionna dans ma vie. Tous les concours d'accès aux écoles supérieures d'intégration dans la fonction publique camerounaise furent un lamentable échec.

Ni le travail, ni la corruption, ni le réseautage ne permirent mon admission dans une école.

Deux ans après mon baccalauréat, après plusieurs échecs aux différents concours, malgré la préparation à un rythme soutenu, une amie de ma mère vint nous proposer un réseau sûr afin de pouvoir être admis à l'école normale supérieure, c'était : « satisfait ou remboursé ».

Le monsieur, ami du directeur de l'école normale, gérait son business de manière impeccable. Sa désillusion fut grande d'apprendre que je n'avais pas été admise.

Il remboursa la somme donnée comme convenue en nous précisant que : C'était bien la première fois qu'il avait à affaire à ce genre de cas : « tous les dossiers, tous les candidats qu'il avait introduits auprès du directeur de l'école avaient toujours été admis ». Lorsqu'il chercha à obtenir plus d'informations, mes copies d'examen n'ont jamais été retrouvées.

Tout comme les concours d'entrée dans les écoles d'intégration dans la fonction publique, l'entreprenariat n'a pas été davantage salutaire pour moi.

Grâce à mes petites économies, J'avais ouvert ma petite épicerie devant la maison familiale afin d'avoir une source de revenus pérenne. J'avais ciblé les produits qui nécessitaient en général que

les populations de mon quartier parcourent des kilomètres afin de pouvoir s'en procurer (les femmes avaient des serviettes hygiéniques à portée de main, les allumettes, le sel...)
Hélas, au bout de 8 mois, je dus fermer mon épicerie ; aucune clientèle, les voisins, les passants, les ami (e) s me saluaient, achetaient parfois un bonbon pour un enfant. Le retour était le même ;
Nous aimons bien aller nous promener au marché, on cause avec les « bayam sallam », nos « assos » et ça nous fait aussi du bien de changer d'air que de se ravitailler directement au quartier.
Ma petite épicerie n'a malheureusement pas été rentable.
Les entretiens d'embauche pour tout type de boulot avaient la même fin : "Non".

B-Le « faux espoir » : Le voyage pour l'occident

Malgré mes différents échecs, échecs aux concours d'intégration, échecs dans l'entreprenariat, je continuais des études.

J'avais eu une admission pour un master 2 en droit de la santé dans une université française. Mon voyage s'était déroulé comme sur des roulettes, je croyais voir le bout du tunnel

Malheureusement, après mon master 2, j'ai dû déchanter : La même situation vécue au Cameroun quelques années plus tôt se reproduisait en France :

J'ai passé des entretiens d'embauches dans des villages reculés. Il arrivait fréquemment qu'au cours de ces entretiens, je sois la seule candidate. Cependant, les recruteurs préféraient me dire qu'ils allaient reprendre le processus de recrutement au lieu de m'embaucher malgré le fait que je remplissais toutes les conditions du poste : « nous voulons qu'il y ait davantage de concurrence ». Balayage, plonge, ...travail de diplômé, ... Secteur en crise, pénurie de main d'œuvre, Aucun recruteur n'a voulu de moi.

Où était ce Dieu que j'invoquais au travers de la prière du [**Notre père**] ?

Notre Père qui est aux cieux,
Que Ton Nom soit sanctifié,
Que Ton règne vienne,
Que Ta volonté soit faite sur la terre comme au ciel.
Donne-nous aujourd'hui notre pain de ce jour.
Pardonne-nous nos offenses Comme nous pardonnons aussi à ceux qui nous ont offensés. Et ne nous laisse pas entrer en tentation,
Mais délivre-nous du mal.

Pourquoi ce Dieu ne me donnait-il pas ce travail qui m'aurait permis d'avoir mon pain quotidien ? pourquoi se

plaisait-il à me voir dans la boue ? De
quel crime étais-je coupable ?

C- Le chemin vers la délivrance : Une torture sans fin

Prier a du sens quand on obtient au moins quelque chose, quand on a l'impression d'avancer.

La prière : **Le Symbole des apôtres** finissait par ne plus avoir de sens, de signification pour moi.

Je crois en Dieu,
*le **Père tout-puissant**,*
créateur du ciel et de la terre ;
et en Jésus-Christ,
son Fils unique, notre Seigneur,
qui a été conçu du Saint-Esprit,
est né de la Vierge Marie,
a souffert sous Ponce Pilate,
a été crucifié,
est mort et a été enseveli,
est descendu aux enfers,
le troisième jour est ressuscité des morts,
est monté aux cieux,
est assis à la droite de Dieu le Père tout-
puissant,

*d'où il viendra juger les vivants et les
morts.*
Je crois en l'Esprit-Saint,
à la sainte Eglise catholique,
à la communion des saints,
à la rémission des péchés,
à la résurrection de la chair,
à la vie éternelle.
Amen.

Ce Dieu était supposé être tout puissant,
mais était impuissant face à ma situation
qui perdurait depuis belle lurette.

Les larmes aux yeux, j'appelais
fréquemment ma mère restée au pays
pour lui raconter mes échecs incessants,
sans raison valable.

Jean Paul, un de mes voisins de la
résidence dans laquelle j'habitais, à qui
je m'étais confiée en plein désespoir, me
parla des sanctuaires, des prières des
malades.

Il me recommanda de réciter
fréquemment les psaumes 23, 27 et 91
de la bible.

Psaume 23 « L'Éternel est mon berger, je ne manque de rien »

*L'Éternel est mon berger : je ne
manque de rien.
Il me fait reposer dans de verts
pâturages,
Il me dirige près des eaux paisibles.
Il restaure mon âme,
Il me conduit dans les sentiers de la
vie juste,
A cause de son nom.
Quand je marche dans la vallée de
l'ombre de la mort,
Je ne crains aucun mal, car tu es avec
moi :
Ta houlette et ton bâton me rassurent.
Tu dresses devant moi une table,
En face de mes adversaires ;
Tu oins d'huile ma tête,
Et ma coupe déborde.
Oui, le bonheur et la grâce
m'accompagnent
Tous les jours de ma vie,
Et je reviendrai, j'habiterai dans la*

maison de l'Éternel
Jusqu'à la fin de mes jours.

Si les psaumes 23 et 27 me paraissaient sans reproches, j'ai dû cependant apporter des corrections au psaume 91 dans ma bible :
À l'abri auprès du Dieu très-haut

1Celui qui se place à l'abri auprès du Dieu très-haut

Et se met sous la protection du Dieu souverain,
2celui-là dit au Seigneur :

« Tu es mon refuge et ma forteresse,

Tu es mon Dieu, j'ai confiance en toi. »
3C'est le Seigneur qui te délivre

Des pièges que l'on tend devant toi

Et de la peste meurtrière.
4Il te protégera, tu trouveras chez lui un refuge,

Comme un poussin sous les ailes de sa mère.

Sa fidélité est un bouclier protecteur, une armure.

5*Tu n'auras rien à redouter :*

Ni les dangers terrifiants de la nuit,

Ni la flèche qui vole pendant le jour,
6*ni la peste qui rôde dans l'obscurité,*

Ni l'épidémie qui frappe en plein midi.
7*Oui, même si mille personnes tombent près de toi*

Et dix mille encore à ta droite, il ne t'arrivera rien.
8*Ouvre seulement les yeux et tu verras*

Comment sont payés les méchants.
9*Oui, Seigneur, tu es mon refuge.*

Si tu as fait du Très-Haut ton abri,
10*Aucun mal ne t'atteindra,*

Aucun malheur n'approchera de chez toi.
11*Car le Seigneur donnera l'ordre à ses anges*

De te garder où que tu ailles.
12*Ils te porteront sur leurs mains pour que ton pied ne heurte pas de pierre.*

13Tu marcheras sans risque sur le lion ou la vipère,

Tu piétineras le fauve ou le serpent.
14« Il est attaché à moi, dit le Seigneur,

Je le mettrai à l'abri ;

Je le protégerai, parce qu'il sait qui je suis.
15<u>Il m'appellera au secours et je lui répondrai.</u>

<u>Je serai à ses côtés dans la détresse,</u>

Je le délivrerai, je lui rendrai son honneur.
16Je lui donnerai une vie longue et pleine,

Et je lui ferai voir que je suis son sauveur. »

La détresse était-elle nécessaire dans la vie d'une personne ?
J'ai fini par supprimer ce passage : « **<u>Je serai à ses côtés dans la détresse</u>** »

Jean Paul m'emmena dans divers endroits en me recommandant d'y revenir quand je pourrai : - « Certaines guérisons peuvent être rapides, d'autres peuvent prendre plus de temps, soit juste courageuse et persévère »).

Persévérer, c'était plus facile à dire qu'à faire.

Entendre des gens qui parlent et qui sont localisés dans son ventre est juste insoutenable.

La manifestation des démons, ces entités lugubres a commencé pendant mon séjour dans le sanctuaire de Lisieux (en Normandie) durant l'année 2017.

Au cours de la messe à laquelle j'assistais ce jour-là, la chorale avait entamé un chant relatif au ʼʼDieu des impossiblesʼʼ (**En Esprit et en Vérité).**

1-Seigneur, je m'offre tout à Toi, je m'offre, pour devenir

Ton enfant, afin que par moi, à jamais Tu puisses agir.

Seigneur, je m'offre tout à toi, afin que plus rien en moi,

*Ne sache plus résister, que Tu puisses
me sanctifier.*

***Je t'adore en esprit et en vérité,
Ô mon Seigneur et mon Dieu je désire
te rencontrer.***

***Je t'adore en esprit et en vérité,
Ô mon Seigneur et mon Dieu je désire
toujours t'aimer.***

2- *Seigneur, je m'offre tout à Toi, je
désire m'abandonner,
À ta divine volonté, car Tu es le Dieu
d'Amour.*

*Père et Source de tout bien, Fils Agneau,
doux Rédempteur,
Esprit de vie d'Amour sans bornes, au
cœur même de mon cœur.*

[CPPMF | En Esprit et en vérité - Chorale
Paroissiale du Pôle Missionnaire de
Fontainebleau
(choralepolefontainebleau.org)]

A l'entame du second couplet, des rots
ont commencé. Ensuite, ces entités me
secouaient le corps et, au bout de
quelques minutes, elles ont décliné leur
entité. Depuis ce jour et tous les jours

qui ont suivi, ces entités ne cessaient pas de dialoguer :

-Je suis Philomène, une amie de sa mère, sa mère a ouvert son corps et nous a appelés. J'ai mis une chaine au cou.

-Je suis Julien, un oncle paternel, c'est notre fille, j'ai construit ma maison dans son corps, elle nous appartient. De quoi vous mêlez-vous ? Qui veut nous déloger ? Laissez nous tranquilles.

Ces entités ont parlé ainsi pendant 6 longues années.

D- La délivrance

Ma délivrance a eu lieu quelques mois après mon retour de l'hôpital ; au mois de Mai 2023. J'avais une fois de plus essayé de me donner la mort sans succès. Mon colocataire, inquiet de ne pas avoir de mes nouvelles depuis 24 heures, a forcé la porte de ma chambre. Devant mon corps inerte et le lot de médicaments à mes côtés, il a immédiatement appelé les sapeurs-pompiers. Je lui en ai énormément voulu.

C'est en 2018 que j'ai découvert les prières de malades. J'avais grandi dans tradition chrétienne, je pratiquais ma foi plus ou moins selon les périodes ; selon les difficultés que je traversais dans la vie.

« La dernière extrémité de l'homme est l'unique opportunité de Dieu » [K. H. KURT GLADHORN ; Tiré du *Héraut de la Science Chrétienne* de juillet 1966].

Ce jeudi-là, j'étais partie assister à la prière des malades que je considérais être ma dernière à l'église Saint Nicolas des champs. J'étais bien résolue à m'ouvrir les veines ce soir-là. Mon colocataire était en vacances, je n'aurais eu personne pour prendre de mes nouvelles et appeler des sapeurs-pompiers pour essayer de me sauver la vie.

Cette prière des malades avait lieu après la pentecôte (la descente du saint Esprit sur les apôtres, après la montée de Jésus au ciel vers son père céleste).

La chorale avait commencé la prière par un premier chant : **Viens esprit de sainteté.**

Viens Esprit de sainteté,
Viens Esprit de lumière,
Viens Esprit de feu,
Viens nous embraser.
Viens Esprit du Père, sois la Lumière
Fais jaillir des cieux ta splendeur de gloire
Viens Esprit de sainteté,
Viens Esprit de lumière,

Viens Esprit de feu,
Viens nous embraser.
Esprit d'allégresse, joie de l'Église
Fais jaillir des cœurs le chant de
l'Agneau
Viens Esprit de sainteté,
Viens Esprit de lumière,
Viens Esprit de feu,
Viens nous embraser.
Fais-nous reconnaître l'amour du Père
Et révèle-nous la face du Christ
Viens Esprit de sainteté,
Viens Esprit de lumière,
Viens Esprit de feu,
Viens nous embraser.
Feu qui illumine, souffle de vie
Par toi resplendit la croix du Seigneur
Viens Esprit de sainteté
Viens Esprit de lumière
Viens Esprit de feu
Viens nous embraser
[Musixmatch]

J'étais si dégoûtée de voir cette
assemblée louer ce Dieu qui se disait

tout puissant et qui était incapable de faire quoi ce soit dans ma vie.

L'entame de la seconde chanson : [**C'est par ta grâce**] me poussa hors de mes gonds. J'en avais marre de suivre cela, d'écouter cette foule chanter et espérer en l'impossible.

J'ai encore en tête ces paroles :

Tout mon être cherche
D'où viendra le secours
Mon secours est en Dieu
Qui a créé les cieux
De toute détresse
Il vient me libérer
Lui le Dieu fidèle
De toute éternité

C'est par ta grâce
Que je peux m'approcher de toi
C'est par ta grâce
Que je suis racheté (e)
Tu fais de moi
Une nouvelle création
De la mort, tu m'as sauvé (e)
Par ta résurrection.

Tu connais mes craintes
Tu connais mes pensées
Avant que je naisse
Tu m'avais appelé (e)
Toujours tu pardonnes
D'un amour infini
Ta miséricorde
Est un chemin de vie

C'est par ta grâce
Que je peux m'approcher de toi
C'est par ta grâce
Que je suis racheté (e)
Tu fais de moi
Une nouvelle création
De la mort, tu m'as sauvé (e)
Par ta résurrection.

[Musixmatch]

Il était temps pour moi d'en finir avec cette vie de ''chien galeux répugnant'' que je subissais depuis bien trop longtemps. Au moment où je me suis levée de ma chaise et je me préparais à quitter cet endroit qui me sortait par les trous du nez, ma mère a une fois de plus pris la parole depuis l'intérieur de mon corps :

-Je suis Léonie, sa mère, j'ai bloqué le travail, le mariage, l'enfantement, je libère maintenant, je libère tout, je brûle dans ce corps, ça chauffe, ça brûle.

J'ai poussé un gros hurlement qui marqua la fin de cette épreuve de ma vie. J'étais libre. Aucune entité n'a plus jamais parlé dans mon corps.

III-Le début de la vie

En me possédant depuis ma plus tendre enfance, ma mère m'avait dépossédée de toute vie.

Ma vie a été un enfer sur terre. A bientôt Quarante ans, je débute dans la vie active. Je suis brisée par toutes les épreuves de la vie auxquelles j'ai dû faire face ; j'essaie de me reconstruire tout doucement.

L'argent comblera-t-il toutes ces années perdues ? Je crois bien que non.

Mes divers diplômes obtenus ne sont heureusement pas tombés aux oubliettes.

Finalement, j'ai trouvé du travail sans déposer ma candidature.

Je crois que j'ai été renouvelée par le Dieu de l'impossible qui a laissé, pour des raisons qui lui sont propres et que je n'arriverai jamais à comprendre ce mal (cette possession et ses divers blocages) être fait sur le petite fille que j'étais.

Je démarre une nouvelle vie.

Deux jours après ma délivrance, j'ai reçu un coup de fil d'un patron d'une grande entreprise sur Paris. Un salaire à 10 milles euros m'a été proposé par une entreprise de la capitale parisienne. L'entreprise avait vu mon profil que je tenais plus ou moins bien à jour sur un réseau social et c'était le profil qu'ils souhaitaient.
Je leur ai dit oui sans grande conviction....
Pour le moment tout se passe bien,
mais, j'évite de me projeter.
Je vis ma vie au jour le jour. Mon mariage sera célébré dans quelques semaines. J'ai rencontré un homme merveilleux qui m'aime comme la prunelle de ses yeux, je suis également enceinte.
J'accoucherai dans quatre mois de mes jumeaux.
Dépossédée de toute vie par la possession qu'avait effectuée ma mère et ses complices quelques années plus tôt, je débute dans la vie avec méfiance et

néanmoins un petit espoir que ces choses merveilleuses dureront.

Je pratique parfois la louange. Le chant : **Esprit de lumière, Esprit créateur** fait partie de mon répertoire :

Viens Esprit du Dieu vivant,
Renouvelle tes enfants
Viens Esprit Saint, nous brûler de ton feu

Dans nos cœurs répands tes dons
Sur nos lèvres, inspire un chant,
Viens Esprit Saint, viens transformer nos vies,

Esprit de lumière, Esprit créateur
Restaure en nous la joie, le feu, l'espérance
Affermis nos âmes, ranime nos cœurs
Pour témoigner de ton amour immense

Fortifie nos corps blessés
Lave-nous de tout péché
Viens, Esprit Saint

Fais-nous rechercher la paix
Désirer la sainteté
Viens, Esprit Saint

Esprit de lumière, Esprit créateur
*Restaure en nous la joie, le feu,
l'espérance
Affermis nos âmes, ranime nos cœurs
Pour témoigner de ton amour immense*

Veni Sancte Spiritus
*Veni Sancte Spiritus
Veni Sancte Spiritus
Veni Sancte Spiritus*

Veni Sancte Spiritus
*Veni Sancte Spiritus
Veni Sancte Spiritus
Veni Sancte Spiritus*

Donne-nous la charité
*Pour aimer en vérité
Viens, Esprit Saint, nous brûler de ton
feu*

Nous accueillons ta clarté
*Pour grandir en liberté
Viens, Esprit Saint, viens transformer
nos vies*

Esprit de lumière
*Restaure en nous la joie, le feu,
l'espérance*

Ranime nos cœurs
Pour témoigner de ton amour immense.

[Musixmatch]